文芸社セレクション

波打ち際のきりん

岩瀬　珠昊

IWASE Misora

JN068425

文芸社

僕は聖人じゃない。
だから懺悔なんてしないでお前の人生を生きろ。

僕は聖人じゃない。
だから懺悔なんてしないでお前の人生を生きろ。

目の前を滝のような水が流れている。

これは今に始まったわけではない。最近の夏は突然雨が激しく響く。絶えず粒を叩きつけるこの音が、賑やかにフロントガラスを滲ませている。

俺は今、寝ていたのだろう。

ここは涼しく快適であり試乗車のように無駄がない。

隔離されたこの空間で俺は、未だぼんやりとした頭で考える。


人殺しは誰か。


嫉妬する人間と、される人間。

まるでシーソーのようだ思う。嫉妬する側が調子づけばいじめに発展し、嫉妬される側が波に乗るとなると、あこがれとなる。

今はソレが見える、というか感じる。人々のバランスのような存在のソレ。例えるならば、天秤。それを動かしている模様が。それが傾きだし、針が片側へ振りきれたとき、何故か自分もその中に巻き込まれていたのだ。

それはトモ子から始まった。

トモ美が舞台を用意し、巻き込み、流れが大きくなっていった。

初めは接点など無かった。少しの悪意とそれを利用した茶番が始まり、周囲を絡め捕り、膨大な塊を生んだ。

中身のない、理性を持たない感情がただ大量に流されていった。

耳を塞いでも地響きのように纏わり付き、視界を歪ませるほど大量のソレ。

それは、この、目の前の雨に似ている。

トモ子は羨ましかった。

思い通りにならない現状を足枷のある境遇として、またそれを利用した。

バツイチ子持ち、一生懸命一人で子供を育てている。それが現状。

母一人の実家に身を寄せ、衣食住を頼って彼女の孫を世話させている、これが内情。

駅から、そう遠く離れていない、交通の便の良い立地。トモ子はここで生まれた。就職はしていない。

「離婚したのだって私が子供を守るため、私は悪くない。運が悪かった」

これがトモ子にとっての『正義』でこれが彼女のアイデンティティだ。

今は無職。結婚が失敗だったのが理由。

トモ子は幼いころ、お姫様だった。

初めは家の中の、そしてご近所の、それから小学校に上がり学校の。

まぶしい笑顔と可愛らしい顔つきで、特に年上のオジサマやオバサマ、それに男の子を魅了した。

すこし年の離れた姉の失敗を観て学び、当たり前のようにトモ子はみんなのアイドルとなっていく。


同級生たちが思春期を迎えるまでは。


いわゆる第二次成長期、男女が異性を気にし出す頃「目立つ存在」は、やっかみの対象となる。

いままで人付き合いに苦労のなかったトモ子は、嫉妬という悪意に対応するには経験が乏しかった。純粋過ぎたのだ。

明るかったトモ子が、暗く陰気な雰囲気を纏い、中学を卒業する頃になると小学校の頃の面影は消えてしまっていた。高校へ進学はしたが成績も存在も目立たない生徒へと変貌し、大人になってからは更に陰気さを増していった。

チャームポイントだった大きな瞳でギョロリと周囲を警戒し、ツヤのない肌が実年齢よりも老けた印象を与えていた。

年上の庇護下にない自分。トモ子を灰色に染めた現実は、トモ子に復讐心を浸み込ませた。だが目の前の現実には手を出す勇気などない。攻撃してきた相手ではなく、かつての自分のように純粋無垢なヤツを狙う。そんなお人好しの弱みを探し「かわいそう」を武器に相手を加害者に仕立てる。かつて、輝いていた時の自分がされたことを、羨ましい相手に向けて。

バイト先でも、結婚後のパート先でも、身近な「羨ましい」相手を恨んだ。

こんなことをくりかえし、トモ子の心はさらに灰色を濃くしていく。

私がこんなに苦労しているのに、何笑って生活しているの。

彼女の嫉妬の条件はそれで十分だった。

実家に戻ってからは母親の庇護下でターゲットを探す。近所の年齢のそう違わないウサ子が気になった。いつの頃からか、トモ子は彼女に勝てばこの纏わりつくモヤモヤが晴れると思っていた。

もちろんウサ子には仕事の悩みが有るかもしれない。でも、トモ子には関係ない。

ウサ子の結婚生活は「羨ましい」。

ダンナの両親とも確執がなく、持ち家があり、週末には家族で出かけ、子供もいる。さらに「子供が大きくなって」から働きに出て、就職している。

こちらは片親で切実なのに、就職出来ない。いや、優良会社に縁がないので、していない。

「こんにちは」

ウサ子が特に興味も同情もない笑顔で声をかけてきた。

トモ子は子供をあやしているフリをし「こんにちは」と応じた。

トモ子の子供は、すかさずその手を振り切り公園へ駆け出すがそれを急いで捕まえるとウサ子へ向き合った。

『ほら、何か言ってみなさい。上から目線で自慢してきたって言いふらしてやる』

いつものようにキッカケを探す。

大通りを一本中に入った住宅街。東京駅まで電車で20分ほど離れたこの一帯は、住みやすいのか人の出入りが少ない。大きな変化があったのは20年前に20戸ほどの建売りの家が販売された一度くらいだ。古くからの住人と後から来た建売りに住む住人とが混在していた。後からの住人の子供も成人する程、すでに年月は経過していたが、何となくそこには隔たりがあった。

隙間を埋めるように家々が建ち並んではいたが、小さい子ならば走り回れる公園が残っていた。向かって右側にブランコと使用できない砂場、あとは左側に丸いイス、公園の真ん中とブランコの横にベンチが二つの小ぢんまりとした広場だ。

トモ子の子供は幼い子らしく、いろいろなことにくるくると興味が移り、また、母親が他のことを気にしている隙に公園へ駆け出そうと考えている。

ウサ子は差しさわりのない話しかしない。

子供はジャンプしたり屈んだりふわふわふわふわふわ動きまわっている。

しばらくそうした後で、突然公園に走りだした。キラキラとした大きな目で屈託なく一目散にブランコへ。これが日常なのだろう。トモ子も急いで走り出す。立ち話をしていた道路から挨拶もなく立ち去るが、ウサ子は気にする様子もなく「気をつけて、またね」と声をかけている。追いかけた子供がブランコで遊び出すとトモ子はその縁に腰掛けスマホを取り出した。

『自分の子供の話もしなければ、私がここにいる理由も聞かない。ただ、この子の名前を聞き、邪魔しちゃってごめんね、遊んであげて、だって。馬鹿じゃないの！』

あまりの豹変ぶりにトモ次郎は身を潜め声をかけられずにいた。

ベンチに座っていただけなのだが、聞きたくもないトモ子の金切声が聞こえてきた。

少し前から公園にいた彼は彼女らが目に入り「ああ、二人は旧知だったのだな」と何の気なしに考えていたところへ、そうとは気づかずトモ子は更に怒りが抑えられないとばかりに声を荒げている。

最近越してきたという、あれが、トモ子達親子なのか。

孫の方はばあちゃんといる時に何度か見かけていた。トモ子のことは昔から知っているだけにいたたまれない。

トモ子の子供も現在のトモ子もどちらにも記憶にある幼少期のトモ子の面影はなかった。

なんとなく、それが違和感となった時、人は不安を覚える。

トモ美はそれをよく知っていた。孤独な人ほどそれは顕著で、ちょっと問題をすり替えてやれば不安を埋めるために他人をも攻撃する。その人がふと我に返るときの罪悪感と不安感と孤独感とのないまぜの感情に共感を与えてさえあげれば、仲間意識と間違った正義感が芽生える。詐欺師のやり口だろうが金銭は奪わない。だから合法。

トモ美は直接手を下さない。ただトモ美のターゲットを攻撃するように仕向けるだけだ。

彼らは盲目の正義感を盾にさらに攻撃を加える。あたかもその行為をすることで自分の罪悪感をかき消すかのように。それからトモ美がタイミング良く「共感」を与える。このタイミングは難しいことじゃない。彼らが自らの罪悪感を無視できなくなる頃、同意を求めてくる。そうしたら、トモ美が間違っていないと言ってやるだけだ。

トモ美は自分を評価してくれる環境を手に入れた。

トモ次郎は妹を介護していた。

若年性アルツハイマーで日によっては目が離せない。トモ次郎が定年を迎え、二人して家にいる生活を始めたころから症状が出た。

いや、それまでは仕事にかこつけてあまり妹にきちんと向き合っていなかっただけかもしれない。もともと少しキツ目の兄におっとりとした妹という兄妹で、二人は上手くいっていた、と思っていた。

気分転換と、今まで妹に任せっきりだった近所づきあいのために町内の老人会へ積極的に参加した。

調子の良い時は妹と二人で。

介護についても情報が交換でき、二人きりの生活に変化を起こすためにも有効だった。

誰かしらと話す妹が楽しそうで、また、なれない介護をしているトモ次郎にとっても、ホッとできる場所であった。そうしてお世話になった場所だからと、自然と老人会の運営にも参加した。

人間、何があるかわからない。

前の会長が突然の入院で辞任、ポストが空いたためだ。

このことは二人にとっても新しい風となった。

妹は誇らしげに兄のことを周囲に話した。

こうしていると妹の病気を忘れそうになる。そして二人きりの家に戻ると病状が出てきた。

だから、幾度となく考えてしまう。

こんな風に病気になるなんて、妹にいろいろなことを押し付けていたのだろうか。

トモ次郎にはそんな考えが過り、少し負い目を感じていた、そんな時。

声をかけてきた者がいた。


「本当にかわいそうで、どうしたらいいのでしょう」

近所のトモ美だった。最近越してきたトモ子が頑張っている話をしていたかと思うと、思いつめた表情で、

「なんとかならないかしら」

と続けた。目が悪いのか上目づかいで距離が近い。

それから幾度となく、頼りになるだの退職されてから街にいてくれるので安心だの

とトモ次郎を持ち上げてきた。もともとよくわからない女だったし、今まで自分から関わったことはなかった。妹を通しての近所づきあいだった。初めは気持ちの悪い女だ、と思っていのだが、2カ月ほどしたある日、状況が変わった。

数人を従えて、またトモ次郎の元へやってきた。

「トモ子さんが大変なの。お子さんがひどい目にあって、でもご近所の事だし、警察に相談するのもねぇ……」

何のことだかわからないが、トモ美は引き連れていた女どもに、俺のことを頼りになる会長と紹介している。正直、女どもの面倒事に巻き込まれるのは不本意だ。ただ、妹と平和に過ごし、皆と仲良くやっていければそれでいいのに。

その中にいたトモ子の母親が、

「車で孫をひき殺そうとしたのよ！」

すごい形相だ。

この前公園で見かけたあの子が被害にあったのか。

あまりの事態に驚き、状況を確認したかったが、捲し立てられ口をはさむ余地もない。

事態が事態だからパニックになっているのか、それとも、もともとこんな女だったのか。

「車はものすごい勢いでかっ飛んでいって危ないこと、この上ない！　迷惑だわ」

一向に落ち着く様子はない。それにトモ美が同意しながらかぶせてきた。

「そうなのよ、私も何度も危ないなと思うことがあったの、あの人の家の車」

「と、いうことはお孫さんは無事だったのだね」

トモ美が落ち着いている様子だったので質問をしたのだが、

「だから、どうにかした方がいいのよ」

「車はすごいスピードで走り去るし、雨の日だって夜も車で出かけて！」

「それに危ないし」

口々に話すが非難しているという共通点以外内容にまとまりが無く、やはりこちらの言葉には答えない。ならばと今度は具体的に質問してみた。

「トモ子さんのお子さんは怪我しなかったのかい」

それがさらにトモ子の母親を興奮させたらしい。

「怪我しなかったから良かったってものじゃないのよ！　必死で孫を押さえているトモ子に向かって、振り向きざま笑ったのよ！」

「そうよ、ひどいわよね」

「気づきながらあの女、車を止めて降りても来なかったのよ！」

「この前なんか私も危うく転びそうになったわよ」

話がおかしい。『ものすごい』スピードで走り去る車の中が見えるのか。飛び出した子供を『必至に』抱きしめる母親が、走り去る車を見上げられるものなのか。事故なら警察へ届けるべきだ。

何人も被害を訴えているようだが、そんな事態など、今まで聞いたことがなかった。

女どもの話を初めから疑って聞いていたからか、おかしな矛盾点がこの話だけでもある。つじつまが合わない。

だが、幸いなことに事故ではないようだ。だが、そんなひどい輩が近所にいただろうか。

「そんなひどい人が近所にいたとは知らなかった」

率直に感想を述べた。皆が冷静になれば、この盛り上がりは収まるだろう。

「いままで、我慢していたのよ」

トモ美が押さえた声で、話した。

「みんな言ってるわ」と、興奮した声で参戦するトモ子の母親。

「ねぇ！」

トモ美をみて自信を漲らせているようだ。

だがそれを制するかのように、トモ美はさらに押さえた声で、トモ次郎を見据えて話す。それを邪魔しないようにトモ子の母親は、大きな目だけをこちらへ向け、口を噤んだ。

「トモ子さんの事があって……」

そういうとトモ美はトモ子の母親を見てしっかり頷き、それから周囲の一人一人に目を合わせて、

「みんなご近所だからって胸に秘めていた事を、口に出したのよ」

それからトモ次郎を見据え、絞り出すように続けて言った。

「やっと」

すると、その場の甲高い声は一気に収まり、静かな、でも内に熱を秘めた声で、女たちは口々に話し出す。

「勇気が要る事よ、告白するのは」

「やっとの思いよね」

「みんな最初は言えなかったわ」

「そうよ、誰だって、好き好んで文句言う人はいないわよ」

「だからって、いきなり警察は、ねぇ？」

「そうよねぇ……」

「どうすればいいのかしら」

そう言いながら、ただ免罪符が欲しいのだ。

「私たちは小さい子が安全に暮らせる街を望んでいるだけ」

「小さい子が安全に暮らせないなんて、おかしいじゃない？」

「そうよ、おかしいわ」

「私たちが望んでいるのは、それだけ」

それはもちろん同意だ。静かに暮らしたい。誰でも願うことは一緒のようだ。

「トモ子さん、どうしていいかわからないと悩んでいたのよ」

「そう、トモ子さん、ウサ子さんに文句が言いたいわけじゃないのよ」

「文句を言って、孫に何かされても嫌だしね」

「だから、皆さんに頼られている会長さんに相談に来たの」


このころのトモ次郎はまだ、冷静だった。

まず、加害者にあたるのがウサ子さんらしい。やっと名前が出た。この前公園の入り口でトモ子さんと立ち話をしていた子だ。二人は同い年くらいらしい。ウサ子さんがトモ子さんの娘さんを危うく車で轢こうとしたため、皆で抗議がしたいようだ。話を聞きながら整理し矛盾点も見つけ、その都度、質問を返したりもした。だが、帰ってくるのは的を射ない、複数人の甲高い言い分。トモ次郎が彼女らの身勝手な言い分を認めないことが腹立たしいのか、少しでも公平にと話を進めると、「おかしいわよ」と捲し立てられ、否定される。みんなが同意見なのに、悪いのはどう見てもウサ子なのに、いつまで理解しないのかと、なぜ弱者を助けてくれないのかと詰め寄る。あたかも、冷たい人間だといわんばかりに複数で。

またある時、目撃した人はいるのかと質問したところ、ウサ子がかわいいから肩を持つとまで言っていた。明らかに話をすり替えているのだとわかっていたが、彼女たちの言い分を否定するにも材料が足りない。第三者的な立ち位置の人が欲しいと思っての発言だったのだが、「みんなが、みんなが」とあまりにも口々に話す彼女たちにトモ次郎は自分が知らない内に町内のみんなが言っているような錯覚にとらわれ始めた。

彼女たちの言い分を否定したつもりはないが、すぐに、

「かわいそう」

「弱者」

「守ってあげなきゃいけない存在」となぜかトモ次郎が責められる。

「困ったものだ」と口にしただけで、

「そうなの、大変なのよ」

「困ったことなの」

「助けてあげなくちゃ」

「守ってあげなくちゃ」

と、途端に歓迎され、頼りにされる。

トモ次郎は、状況を把握するために、ひとまず一方的な言い分を採用することにした。

それは、途中から彼女らの中に彼がいたことが大きかった。

黄色い服の良く似合う、ふくよかな、比良さんがいつの頃からか交ざっていた。

町内会の見回りを強化することを約束し、有志を募ってスケジュールを組む。

「彼らが出歩くときは怖くて歩けない」

とトモ子が思いつめているのだという。

トモ子だけでなく、他の子供たちも守るための活動。町内活動として申し分ない。

ただ、やはり当初の目的と話が変わってきた。

それとも俺が知らなかっただけでそんなに凶悪なのだろうか。

ウサ子達が町内を歩く出勤時間や外出時間を重点的に見守ってくれと要望が出た。

これ以上トモ子とその娘に危害を加えないよう、監視してほしいと。

「何かしてきたら、俺が退治するさ」

だ。

見回り隊の有志の一人が調子のいいことを言い、感謝の言葉に包まれた。英雄扱い

あいつは俺が陳情を受けていたとき、共に話を聞いていたわけではなかったが、気がついたらみんなの中に入っていた。あまり賢くないヤツなのに、あいつの方が頼りにされている様は面白くない。

「お兄様は慎重なのね」

声の方を見るとトモ美たちが妹を取り巻いていた。

「でも、事態は待てば待つほど悪くなっていくわ」

「このまま、何もしないで何かあったらと不安で仕方がない」

「みなさんで守っていただけないかしら」

妹が居心地悪そうに囲まれている。

俺は何故か急に衝動に襲われた。

そうだ、皆が言っている要注意人物たちを把握するのは悪いことじゃない。まずは様子を見なければ事態の把握はできないじゃないか。

俺は今まで、何に慎重になっていたのだ。

「前の会長さんでも動いてくださったわ、きっと」

そう、トモ美は俺をじっと観やる。

そうしてトモ次郎は冷静さを失い、状況を把握することをやめた。

見回り隊が活動を始めるとトモ美達も動いた。

「皆さんががんばってくれているのに、何もしないなんて申し訳ないわ」

「私たちも何かしましょうよ」

「でも、危なくない事で」

「じゃ、意思表示なんかはどう」

「意思表示って」

「みんな知ってるんだぞって」

「みんな怒ってるってわからせるのね」

「そうそう、みんな、あなたたちの事は相手にしないって」

「何をすればいい」

「効果的な、何か」

「そうね」

「懲らしめてやりましょう」

「え、何。どうしたの？」

数人で話しているところへ人が新たに加わっていく。

そうして彼女たちはウサ子たちが通ったら背中を向けるという異様な態度をとるようになった。それは挨拶をされないよう、目を合わせないためとのトモ美の提案だった。

トモ子の母親はみんなが仲間になってくれて満面の笑みだったが、トモ子は違った。

こんなに大事になってしまった、その事態におびえていた。


確かに、母親には話した。

ムカついたし、嫌味の一つぐらい言ってやりたかった。

ウサ子が羨ましかったのだ。

多少、大げさには話したかもしれない。

家族で仲良く車に乗り、目の前を通り過ぎていく。休日のたびに、笑いながらこれ見よがしに。

公園に向かっていた娘が、もし、急に走り出したり飛び出したりでもしたら、止まれる速さなんだろうかと考えた。

車なんて駐車場内でバックしただけで小さい子をひいてしまうのだ。

このまま、この子が飛び出していたら……。

その考えが頭の中を駆け巡り、グルグルグルグルと止まらない。たまらず、トモ子はしゃがみ込むと娘をきつく抱きしめた。公園へと行きたがる娘を押さえつけるように。そのまましばらく抱き締めていると、トモ子の娘は嫌がり何とか逃れようと身をよじった。だがトモ子はさらにきつく抱え込む。

痛さを感じたのか自由を奪われたことへの抵抗か。トモ子の娘は泣き出した。

それでもトモ子は放さない。

抱きかかえたまま。

さらに幼女の声が大きく響く……。

母親に声をかけられるまで、トモ子は家の前で娘にしがみついたまま時を止めていた。

トモ子の母は不安だった。

女手一つで子供を育てるのは大変だ。なんといっても今の世の中、不景気だ。行政の保護もどこまで求めていいものか。トモ子の就職先はまだ決まらない。保育園に預けられるうちにどこかいいところがあればいいのだけれど。なんといっても、トモ子に元気がないのが気になる。いろいろ大変だろうとは思うけれどトモ子だけで、大丈夫だろうか。ただそれを頑張っているトモ子に聞くわけにはいかない。私がトモ子を追いつめるわけにはいかないのだから。

そんな矢先に孫の泣き声が聞こえてきた。

トモ子があやしているようには見えない。

家の前で孫はただ泣き、トモ子は頑なに孫にしがみついている。

ただ事ではないと思った。

トモ子に転んだのかと恐る恐る聞いてみてもただキョトンとした顔をしただけだった。

私が守らなければ。
そうトモ子の母親が決意を新たにした時、トモ子から立て続けに衝撃的な「事実」を聞いたのだった。

この子を轢き殺そうとした！

それを笑いながら見ていた！

なんてひどいことを！

そう、それならば、トモ子が放心状態になったとしても、なんら不思議ではない！
私がこの子たちを守らなければ！
トモ子の母はただ不安だった。だから必死に「娘は普通だ、大丈夫」と考えていた。
ただ、自分を安心させるために。
そして、それはゆがんだ形で娘を追いつめていく。

まずは古くからこの土地に住んでいる比良さんに打ち明けた。黄色い服の良く似合う、ふくよかな男だった。奥さんを亡くしてかれこれ二十年は経つ。もちろん二十年以上前より住んでいるウサ子たちの事も知っている。それにトモ子の母親は二十年ほど前より新しく移り住んできた人は知らない比良さんの秘密も知っていて、それが仲間意識を一層強くしていた。

だが、比良さんは信じてくれなかった。

「ウサ子が……。まさか、わざとそんなことをする人には見えない」

比良さんが私より親子ほども年の離れたウサ子の方を信じるなんて……。

トモ子の母親は奮闘する。

「娘はうそつきじゃない」

「ウサ子が悪いのは明白」

初めはトモ子も年上のオジサマやオバサマにモテて昔のようになったとうれしかった。

周囲の人々が気にしてくれ、温かい声をかけてくれる。

「いろいろな人がいるけれど頑張って」

「いつも負けずに頑張って偉いわ」

などと、名前を出す事はないが暗にウサ子を悪く言われるのも心地良く感じた。

ただ、そのくらいでよかったのだ。


トモ子の母親の話を熱心に聞いたのはトモ美だった。


「娘はうそつきじゃない」

「ウサ子が悪いのは明白」

トモ美はその前提に話を聞く。するとあっという間に信頼を勝ち得た。

そうして最初に比良さんへ相談した経緯を知り、それを利用する。


比良さんには娘がいる。彼女は今活躍している現役アイドル、トモトモだった。コンセプトがあり設定もあった。デビュー当時からアイドルとしてそれまでのことは非公開、設定を忠実に守っていた。そのため実家に帰ってくることはせず、新年を祝う時などは都内のホテルへ父親を招待して共に過ごしていた。

比良さんがあえて、周囲に話すこともないので、昔ながらの住人も改めて話題にしなかった。

トモトモが実家を離れたのが二十年前の幼少期。

アイドルとしてデビューを果たすのはそれから十年後のこと。当時より背もかなり伸び、洗練もされた。それでも当時の面影が有った。

だが暗黙の了解で、トモトモのことは公然の秘密となっていた。

それをトモ美は知った。


トモ美は数人の仲間を作った後、比良さんに責めるように話す。

トモ子の事はかわいそうではないのか、どうして味方になってあげないのかと。

比良さんは困惑した。

責められている意味がわからない。この人達は何を言っているのか。

ウサ子のことはよく知っている。いたって普通の娘さんだ。ご主人、息子さんとご家族仲良く暮らしている、と思っていた。

なのに何故、いつの間に、もめごとの中心にいるのだろう。

口々にウサ子を批難しながら話し出す人々は、二十年前はこの地にいなかった面々だ。

話の内容は薄く、悪口でしかなかった。まるで自分たちの鬱憤を晴らすかのように次から次へと。

その時、トモ美から聞くはずのない言葉を耳打ちされた。

なぜ、トモ美が知っているのか。

なぜ、この場で出てくる必要があるか。

比良さんは父親として、娘の今までの苦労を踏みにじらせることは許せなかった。だからそのことに比べればと、何故かこのときは二択しかないと思ってしまった。だからウサ子のことなどどうでもよかった、そんなことは絶対になかったのだが。

トモ子の心は母親に話したことで、バランスを取り戻し、また、穏やかな気持ちとなれた。しかし、興奮状態の母親が現れると、落ち着いたはずのトモ子に不安が戻ってくる。

この時の現象は人々の間で平常でいられなくなるボールを投げっこしているようにも見えた。

トモ美が動くと黒いうわさが活発になる。

初めはトモ美の隣家で。それからトモ美の娘のママトモ経由で。ジワジワ仲間を増やしウサ子の噂を流す。間に人を挟むと途端に真実味が帯びてくる。自分が被害者となるのではでなく誰々の親がこんな目にあった、時には当たり前のように娘を被害者に。かわいそうな人がいる、助けてあげましょうと。その時タイミングよくトモ子の事件が起きた。

感染源はトモ美だったのだ。

そうして物語は一気に加速する。

それから街は異様な盛り上がりを見せる。

異変に気づいた他の住人も、トモ美達の勢いに飲まれたかのように同じように振る舞う。理由がよくわからないため、積極的に参加はしないものの、ウサ子たちが通り過ぎればさりげなく背を向けるものもいた。


ある日のこと、ウサ子が出勤のため公道に出ようとすると、ゆっくりと公道とウサ子の家の庭との境目ギリギリを歩く老人がいた。門のところをかなりゆっくりの速度で歩くので、ウサ子は敷地から出られないでいた。

またある時はウサ子が出勤のためバス停へ向かおうとすると、たまたま出ていたトモ子のそばへ駆け寄り、庇うようにウサ子をにらむ老人がいた。そうして聞こえよがしに、

「見張っているから、大丈夫だからね」

これが、町内パトロールなのだろう。

だが、トモ子はどうしていいか、わからない。

「大丈夫かい」

と老人はウサ子が見えなくなるまで傍でウサ子を睨みつけ、トモ子へ得意げに笑ってみせた。

どうやらトモ子の知らない間にトモ子はウサ子が怖くて出歩けないから就職活動もできないことになっているらしい。

本当に、どんだけだ。

子供が轢き殺されそうになった一件があり、不安定だったトモ子は抱えきれなくなってしまった、とか。

確かに就職はまだしていないが、就職活動には手順的に時間がかかる。アルバイトのように即決ではないのだ。

ご近所に挨拶をするウサ子が戸惑っているのがわかる。被害者にされているトモ子自身も戸惑っているのだ。

だが、被害者はトモ子だけではないらしい。

トモ美さんの娘さんの子、お孫さんを始め小学生の子供を持つ親でさえも皆が不安に思っているとか、ひどい仕返しをされるとか。他にもいろいろ噂は絶えない。

満面の笑みを浮かべ満足そうな母親にトモ子は問いかけた。

「わたし、そんなに困ってないよ」

「あんたは心配しなくていいの。就職だって動けるようになってからすればいい話だし、無理しないで」

「比良さんにこの前気づいてあげられなくてごめんねと謝られた。何のことなの」

「あんたは心配しないで、大丈夫。うまくいっているから」

「だから、何のこと」

「大丈夫よ」

一瞬ではあったが家の周囲にいる老人たちのような笑顔に思え、トモ子はぞっとした。

この話のとき以外はいつも通りの母だし、最近近所の人と楽しそうに話しているから問題はないのだろうけれど。そういえば、トモ美さんと最近仲良くなったようで、そのころから変わった気がする。明るく、というか。積極的に外へ出ているように思え、それとは対称的に、この前謝ってきた比良さんがおどおどして見えた。

こんな風に周囲が見えるようになったのも、母親に話を聞いてもらってから。ただ、どういってよいかわからないが、トモ子は違和感を覚えていた。

トモ美はかつて、女王だった。

五人の娘たちが小学生だったその昔、その閉鎖的な空間の中で君臨していた。

「ほら、言うことを聞かないからよ」

それがトモ美の口癖だった。

特に四人の姉妹より少し年の離れた末の娘に対しては失敗すれば必ず、

「ほら、やっぱり」

と家族総出で告げた。

やがて四人の娘たちが独立し、末の娘、トモ美子も家をでた。

しかし未だ呪縛に囚われたままのトモ美子は結婚後もトモ美に従順で必ず意見を求めた。義理の親と同居し子供に恵まれてからでも、トモ美に孫と住みたいと声をかけられれば言われるままに引っ越した。

だから自分の預かり知らぬ事でも、他人の口からトモ美に聞いたと一言あれば否定するなんてあり得なかった。

そして、近所の人から、

「大丈夫」

「見守っているよ」

と声をかけられ、ウサ子が悪口の対象になっても、自分が関わったとされることに対して、否定はしない。また、ウサ子が話しかけてきても避けるように目を伏せた。

そして今まで通り。親となった今も変わらないでいた、はずだった。


末の娘、トモ美子には小学生の娘がいた。

彼女の大切な宝物だった。

二人目をと思っているがこちらに来てからなぜか育たない。

この子を大事に育てていこうと誓った。

彼女はいろいろな物に興味があり、また、素直に、のびのびと育った。

ひとえにトモ美子のパートナー家族のおかげかもしれない。

基本的にやさしい性格のおとなしい末娘は相手先の両親にも大事にされてきた。

ただ、孫の入学前に同居するよう、トモ美がいい出すまでは。

小学校に入学すると、トモ美子の娘はさらに興味津々で目をキラキラさせる。自我が芽生えてくる。学校のお友達とも、まだ、正しいことを信じて正しく付き合う。いじわるなんてしない。

だからこそ、おかしいと思った。

「目があったのにどうして、あの人にはあいさつしないの」

いつもやさしく何でも答えてくれるお母さんが、困ったように無言になる。

おばあちゃんと話す時、時々する表情だ。

ママにそんな顔をしてほしくない。褒められたいだけなの。

ご近所の人からお母さんと一緒にあいさつして、仲がいいねと言われるのが好きなのに。

だからママにこの前、学校で褒められた話をした。

学校で私たち女子があいさつをした時、

「ばーか。ぶーす」と男子が返したのだ。

「いけないんだよ」と注意すると、

「おんなじようなかっこしてキモ」と悪口を言ってきた。

男子は双子コーデがわからない人もいる。でも、私たちはそれをばかにしたりはしない。だって、人それぞれ趣味はあるし、男子はオシャレじゃない人が多いから。

だから、双子コーデのことを教えてあげた。ていねいに説明したけど男子はメンドクサと言ってそれから話もしなくなった。

あいさつ運動がクラスで出来ていないことについて先生から話し合いをするように言われ、それが原因だと話した。

きちんとクラスのことが見れ、さらに相手を悪い人と決めつけないこと、怒らないで相手に対して話そうと頑張ったことが偉いと先生に褒められた。それから私たちの双子コーデもカワイイと褒められたことや、おしゃれな男子もいるからね、と言われたことも話した。

ママと双子コーデしたいけれど、おんなじ色とかしか合わせられない。今度いっしょにとおねがいしたけど、ママ用の服は大人の服はつまらないらしい。

そんなことを話したけど、ママは先生のようには褒めてくれなかった。男子が言うように子供すぎるのだろうか。でも、あいさつも出来ないほうが幼稚だと思うし、私はいい子ちゃんとバカにしてふざける男子のほうがいけないと思う。

この話はママの方のおばあちゃんには聞かれてはいけないような気がして、ママとお風呂に入ったときに、また聞いてみた。

また、ママを困らせてしまった。

「ママ、先生も間違うことがあるんだ」

わざと悪いことをしようとしたのではなくて、先生の言うとおりにしただけだけど、もしかしたら男子に教えてあげたことが「よけいなお世話」だったのかもしれないけど、どうすればいいか、わからない。

「ママ、ごめんなさい」

どうすればママは褒めてくれるのか、考えなければいけない。嫌われたくないから。

どんな理由があってもいじめをしてはいけない、と先生が言っていたけど、おばあちゃんの言う通り、かわいそうな人を助けるために、話しかけてはいけないのかもしれない。無視したり、悪口を言ったりしないで、話し合いをするものだと思ってたけれど、それが違ってたからママは褒めてくれなかったんだ。ちゃんと男子を無視して、男子はばかだから付き合わないというべきだったんだ。

「おばあちゃんのいうとおりにします」

何かが違って見えた。

トモ美子はふと気がついた。

この子はこんな目をしていただろうか。ちょっと前まではキラキラと輝かせ、いろいろなことに興味を持ち、ママ、ママと私を頼ってきて、嬉しそうに話しかけてきて。こんなふうに、おびえるように様子をうかがうような目をする子じゃなかった。

この子がまるで過去の自分と重なって見える。

ママ、先生も間違える、でもずるい大人は間違いを認めないんだよね

ママ、ごめんなさい

ママ、いう通りにします

今、私は大人だ。それも親になったというのに、この手でこの子を追い詰めている。大事に育てようと決めたのに。

このまま目を曇らせるようなことがあってはいけない。

トモ美子は決意する。

永らくトモ美の呪縛から逃れられなかった娘は、守るべき存在を愛することによって今、正に変わろうとしていた。

トモ美にとって、ウサ子が初めての獲物ではない。

その前は民生委員や老人会の会長などを引き受ける、昔ながらのお宅の奥様を妬んだ。いくつか土地を持ち、息子たちが成人し、家族を持つと近所に住んでいた。そばに息子がいて嫁と孫に囲まれ、人望もあるお宅の奥様。ただ、そこの奥様というだけで人々に囲まれている、無能な女。息子がいるだけで腹立たしい。女しか生めないと非難された昔の恨みをその奥様にぶつけていた。

その時のトモ美は娘たちに独立され、女王として君臨できなくなっていた。金銭面でも変化があった。

彼女たちの収入を当てにできなくなったトモ美は、働きに出ることになった。なかなか決まらなかった働き口が、パートとして飲食店に勤め先をシフトするとすぐに採用された。しかし裏方やお総菜販売など仕事は単純ですぐに覚えられたにもかかわらず半年と続く場所はなかった。いくつか原因はあるだろうがある所ではこんな事があった。

時給制で働いていた時、同じ仲間たちからボイコットを受けたのだ。そこはチェーン店の総菜販売店で二人ないし三人のシフトで回していた。だが、トモ美とは組みたくないとその他すべてのパートが言い出した。学生アルバイトがいた頃はまだよかった。彼らは仕事と割り切る賢さと、学生期間の数年しか関わらないとの終わりが見えていたから。だが、パートは違う。長く一か所で勤めたいがフルタイムでは厳しいと考える人が大半だった。その中で時間を上手に使い、働くときは働き、遊ぶときは遊ぶ。そんな考え方が多かった現場では、仕事場に煩わしい人間関係を持ち込む人物は煙たがられた。トモ美は仕事中のムダ話をするとき、人の悪口しか言えなかったのだ。仕事をしながら、たわいもない話をすることはある。つい話好きな人は長話にもなりやすい。だが、そういう問題ではなく、トモ美は周囲の人間関係を悪くする、そういう人物だった。

会社は始め、よくあることと気にも留めなかったし、トモ美を辞めさせることは不当解雇に当たるとして取り合わなかった。一斉に退職の意向を伝えられ、あわててエリアマネージャーを常在させ面接等で対応したが、彼らの意志は固く、学生アルバイトの辞める時期と、また、新しい募集が集まらなかったことが重なって、このテナント出店をあきらめ撤退を余儀なくされた。

このシステムではパートが居つかない現場は採算が取れないが、会社にとって幸運だったのは、複合施設のテナントお試し期間であったことだ。テナント誘致のために

テナント料が安く提示され、出店費用を賄えた。この企業にとって、この地は合わなかったとの結論に至った。

同じエリアでも人手不足を抱えていて、本来ならば経験のあるトモ美をほかの店舗に紹介するのだが、エリアマネージャーはそれをしなかった。そして一斉に退職希望を出した人たちへ自ら閉店に至った力不足を謝罪し、新たな現場を紹介して回った。そのうち三分の二は、地域の違う系列店へ移り、残りは今までの会社とは異なる近場に就職した。

だからというわけではないだろうが、その後、トモ美はどこにも採用されなかった。トモ美は、裏で共に働いていてチリヂリになった奴らが悪口を言いふらしている、あの会社がブラックリストに載せたと恨んだ。

またそんな時に、就職したと喜んでいたウサ子を当たり前のように妬んだ。

性格的なこともあるし、いつからとははっきりと言えないが、トモ美の周囲を巻き込んで攻撃する方法は、他人から学ぶところが多かった。いつもはすぐに実行するのだが、今は時期が悪い。ウサ子を悪く言う人がいないのだ。少しずつ少しずつ、毒を撒いて賛同するアホを見つけないといけない。

やがてその時はやってきた。

「かわいそう」は無敵で、暇を持て余していた人間を巻き込むのは簡単だった。

トモ美だって、初めからこんなにひどい女ではなかった。遠くから嫁にきて、夫と共に親族の経営する会社で働いた。男社会の会社で親族だからと待遇されたというよりは、身内扱いされ細かなこともやらされた。給料は他の女性事務社員と一緒で、ボーナスも少なかった。トモ美が仕事に出るとき、通いで娘たちを見てくれる義母とも余りなじめなかった。彼女が帰ると物の位置が変わっていたり、娘たちがおばあちゃんのが美味しい、とご飯を残すのが許せなかった。

会社の飲み会は親族の集まりと混同され、トモ美たちに息子がいれば会社を譲るのにとよく言われていた。

ある時一度だけ、トモ美は夫に「息子がいれば」と言われたことがある。親族経営とはいえ、彼自身にはあまり発言権がないことが、そう言わせたのかもしれない。だから、最後にもう一度だけ子供をつくった。結果、授かったのは女の子だった。

義母がなくなってからも、会社へ通い続けていたが世の中不景気になった。トモ美の親族の会社も影響を受け、そして、業績が悪くなるとトモ美は真っ先に切り捨てられた。

だが、このままトモ美はつぶされない。

親族からの仕打ち、夫や義母からの男児が産めないことへの言葉。夫からは一度だが、一度でも言われた事実があれば、心でずっと思っていたという真実となる。この

理不尽を悔しさに、また嫉妬に変えトモ美は耐える。

時に深酒した夫に暴力を受けたとしても。

義母が他界し、親族とも疎遠となる頃には、トモ美は家庭内実力者となっていた。娘たちを掌握し、末の娘を下位に位置付け君臨していた。そのヒエラルキーの中で普段家庭内にいない夫は「追い詰められると私達を傷付ける人間」として、子供達から批判的にみられる。何か悪いことが起こると事あるごとにトモ美は言った、それも夫のいないときに。

この夫婦の喧嘩はもともと過激でもみ合いになる。夜中にドンドンドンと壁やタンスに頭を打ち付けさせる。しかしこれは妻の方が加害者だった。妻が手を出し、夫が防ぐ。見かねた子供たちに止められる事もしばしば。だが過去にあった深酒時の暴力も目撃されていたため成長した子供達へは虐げられた妻として、説明した。義母も亡くなり親戚と疎遠になった今になって、反撃ができるようになった、と。

「だから、こんな風にするのだ」と娘たちに言い続けた。そしてみんなの前で末娘に向かい続けてこう言う。

「あなたが悪いんじゃないの、私が男の子を生めなかったのが悪いのよ」

そう、女の子である娘に言い続けた。

トモ美の孫は報告する。

AさんとBさんがお話ししてたらAさんのリリーちゃんが曲がってきたクルマとぶつかりそうになった。

日が暮れるまえから、交差点で立話をする男女がいた。Aの愛犬リリーはリードにつながれたまま、暗くなった道路でうろうろしていた。

ヘッドライトが近づき、自動車が角を曲がってくる。ウサ子の家の車だった。

もちろん角を曲がってくるので徐行運転なのだが、その時ちょうどリリーは車道側へ飛び出したため、車はブレーキをかけ止まった。

この事実はトモ美を通すとこう変わる。

「Aさんのリリーちゃんが大変だったの」

その現場をBさんも見ていた、急に車が角を曲がってきて、危うくリリーちゃんがひかれそうになった。もちろん、端にいたのに。

また、ウサ子の家の車。

危ないわね。

こちらが気を付けるしかないなんて…。

ほら、あんな小さい子もみてるのよ。

子供だけならどうなっていたか、恐ろしいわ。

トモ美子はウサ子に会う機会を窺っていた。娘に違和感を覚えたあの日から、娘が手遅れになる前にと。ただ、挨拶をしようとしているだけなのだが、それをするだけが怖かった。自分の娘が自分と同じようになってしまうのではないかと、急ぎたい自分と、あの子は強いと思いたい自分がいた。せめてこんなおかしな事に消極的に関わらないでくれないかと祈りながらも、まだ踏み出せないでいた。

トモ美の孫はこの頃よく、トモ美と行動を共にしていた。母親と二人で行動はしても、今までは祖母と二人でということはなかった。

それはトモ美の娘、トモ美子が子供のころから矛盾を感じていたように、トモ美の孫もまた、矛盾を感じていたのだ。具体的に説明できる代物ではないが、違和感を覚えていた。だが、先の母親の反応により、トモ美の孫は変化した。

それからはママのために、おばあちゃんの役に立つように一生懸命頑張った。

まるでウサ子の粗を見つけなくてはいけないかのように。

中身のない連帯感。それを維持するための「いじめ」が蔓延する。

よくわからないが弱いものを守るため。

なんだかわからないが、悪者に加担しないために。

いつのまにか、みんなが言っている悪い人には関わらないように。


だって、会長さんが言っている。

だって、比良さんだって言っている。


ウサ子の悪い評判が風化しそうになると新たに噂が出てくる。

まるで先頭きって会長が皆を誘導し、まるで街の相談役の比良さんが後押しをしているような周囲の認知。

こんな状態が何年も続いた。

能力がある人格者は足を引っ張られてつぶされる可能性が高い。それが嫉妬社会。利用されている彼らも被害者なのか。


「挨拶もしてはいけないだなんて、そんなにひどいことをウサ子はしたの？」

「具体的に、だれが、何をされたの？」

いじめが広がりを見せると、当たり前の質問をする者が現れた。

これに対して、トモ子が執拗に追い詰められ苦しんでいると答えたものがいた。だが、病気を患っているわけではない。

不安定だから、病気はどうとかデリケートなことは聞いてはいけない、と確信に触れることを遠ざけてくる。

周囲の人々に至っては「なんとなく」だった。これといった嫌なことを直接されたものなどいなかった。

トモ美を中心とした者たちは自分たちは間違っていないとさらに話を広めていった。


だって、会長さんが言っている。

だって、比良さんだって言っている。


冷静な者たちは矛盾に気がつき始める。

仮に、ウサ子がトモ子にひどいことをしたとして、ソレはトモ子とウサ子との間に確執があったということではないのか。二人に話し合いの場を設けさせるなどが大人の対応ではないか。

病気のトモ子にあんなおかしいウサ子を会わせるなんて、正気の沙汰じゃない、それが直接、文句も話し合いも持たない理由だった。

そもそも悪口に関わりを持たない者たちは、ウサ子が攻撃されていることさえも、いままで気づいていなかった。

ウサ子たちが、応戦して騒ぎ立てなかったのが気づかない理由かもしれない。

そんな人達を抱き込む悪魔の言葉。

人間には元来知識欲というものがある。

だから、興味をもたれたら意味深に囁くだけでよい。「え、知らないの?」と。

数こそが正義と言われればそうだろう。多数派が必ずしも正義でなかったことは歴史が証明している。だが、人は不安を抱える。そして周りに同意見があれば安心する。時にそれがたとえ最低ないじめであったとしても。

ウサ子たちは住居の周りだけでなく、会社という外の世界を持っていて、そこでまともな人間関係を築いていたのだろう。

進路を妨害したり、見えるところで固まって何か話したり、あからさまに挨拶を無視する行為を受けても、戸惑いはしても、やり返そうなどとは考えないようだ。相手にしない、そのようなスタンスを続け過ごしていた。

だからウサ子たちに閉鎖的な空間ではない場所で仲間たちと問題なく過ごすという、当たり前の日常があるのだろうと思った。それがつぶされなかった理由なのだ。

だが、ウサ子たちが間違っていたのは、周囲とのコミュニケーション不足だろう。

いくら外の世界、会社等で家を開けることが多くても、隣人は存在する。トモ美のような人間が隣人だった不運は大きいが、ここまで事態が拡がらなかったかもしれない。

トモ次郎は決して率先してなどいない。

途中で知ったのだ、ウサ子が話の標的だが、彼女は車を運転しないということを。それなのに、悪者扱いだ。自分が言いたい悪口をウサ子のせいにして、皆の共感を集めているようだった。

だが、見回りや集まり、話し合い等、一つの目的を持つことにより会長として有意義に過ごしていた。信頼を集めていた、だからこそ、実態のない悪意や誤解があるなら、それを解きたいと、すぐ解けるものだと考えていた。

だが、ウサ子を悪く言う者たちは決して、話し合いをしようとはしなかった。

ウサ子が車を運転しないことなど、どうでもいいことなのだ。もしかしたら、最初から知っていたのかもしれない。彼らはストレス発散のために嫉みや妬みのはけ口を固定させ、理不尽を始めるただのきっかけがほしかったに過ぎない。

いろいろ理由を述べるが、その中の一つに話し合いをして逆恨みで何かされたら怖いと言っていた。それなのに、攻撃をする。反省させる目的でウサ子が近くに来たら、くるりとそっぽを向き、顔を合わせないように行動するという。懲らしめるために、わからせるために。

怖いのではなかったのか。

ウサ子が一体何をしたというのだ。

全く矛盾だらけだ。

人に優しい生活がしたかったのではなかったのか。

ウサ子でなく、その家族が問題ならばウサ子に話そうとしないこと自体、目的がウサ子を追い詰めることと言っているようだ。

俺は地域をまとめることができなかった。

ウサ子達は、同じ土俵に立たないようにしている。

それが救いだった。

獲物にされたウサ子達が、相手にしないことさえも、もっともっとと、馬鹿どもの飽くなき欲望をエスカレートさせていった。

どんなに言い繕っても、それはただの最低なイジメだ。

ある、子供のいじめが他人ごとではない。いや、さらに性質が悪い。

分別のある大人であるはずの我々が騒ぎ立てている現実は。

ではなぜ比良さんは、こんなことに加担していたのか。

比良さんが死んだ。

そのことをウサ子を攻撃する人々が知ったのは、しばらくたってからだった。トモ子もトモ美も警察が比良さんの家を調べるまで知らなかった。独居老人にかぎらず、このような場合は警察の現場検証が必要なのだ。周囲からは、比良さんはトモにウサ子に立ち向かい子供たちを守ると宣言している人達と同じと思われていた、仲間だと。そいつらは、一人のトモを何日間も、放置していた。

おかしいと気づいたのは、トモトモだった。父親と連絡が取れない……。トモトモが不審に思い声をかけたのは比良さんを巻き込んだ者たちの誰でもなく、以前奴らの獲物だった元民生委員をしていたお宅だった。

トモトモは父親の言動から悩みがあることは気がついていた。だが、何に悩んでいたのか、ついに知ることはできなくなった。

比良さんは、彼女らと距離を取っていた。喜んで悪口を言う人ではなかった。あの騒ぎに参加し、でも楽しんで悪口を言う人ではなかった。あの騒ぎが何年も続き、段々だが、距離を取っていた。決して進んで悪口を言う人ではなかった。

ただただ、優しい人だった。

どこで間違ったのだろう。

皆、少しずつ間違った。

不安がそうさせたのかもしれないし、不安を避けるあまりそうなったのかもしれない。

そして、踊る。

皆、どこかでわかっていた。

きっと真実を知っていた。

だって彼らは小さな悪意と少しの何かをチケットに自ら「みんな」になるために参加したのだから。

トモ子は、経験上それを身に付け、
トモ美は、性格上それを行使した。
そしてウサ子は、あふれる改札の一員となる。

トモ次郎はこれまで積み重ねてきた人生が報われるような、そんな出来事を願っていた。

水の音が激しさを増す。雨のしぶきがあたりを霞め、すぐそこの建物を隠した。

妹はそこにいる。

俺は何を焦っていたのだろう。

こうなることが怖くて、それをただ回避したくて、なのに妹の貴重な日常をバカ騒ぎにしてまで足掻いていた。今の自分や現実を受け入れられないのに、妹に認められようと。

悔やんでも遅すぎる。

大事な妹との日常を、もったいないことをした。それすらも受け入れてこれからの人生を大切に過ごそうと思う。

長い間兄さんに追いつこうと必死だった。

もう嫉妬しないよ、兄さん。俺も頑張ったのだ。

後部座席にはあのころのままの兄さんと、俺と共に年を重ねた姿の妹が座っている。

兄さん、妹を頼む。

黒塗りの車に今、葬儀社の人間はいない。

雨音が激しく鳴り響き、外界と遮断してくれる。

ここはとても静かな空間だ。

だからだろうか、焼き場の順番待ちをしている間、最近の騒ぎ立てた日常を思い返していた。

フロントガラスを激しくをたたく雨が、滝のように流れていく。止めどなく流れるそれはやがてモニターのようにスクリーンのように、優しい情景と新古今和歌集の一首を映し出していた。

　花さそふ比良の山風吹きにけり
　漕ぎゆく舟の跡見ゆるまで

祝福されているかのように湖上に優しい桜が広がっている光景を浮かべた。

雄大な山が見下ろす湖を、花びらの中を船が悠々と進む様を。

トモ次郎はただ、頑張った自分はご褒美が用意されて然るべきだと思っていた。

しかし現実は違った。

知らない近所の人間、妹に近所づきあいはあったろう。だがそれさえも俺は知らない。

そんな見知らぬ人々から温かく迎えられることなどあるはずがあろうか。

ただ湖畔の波打ち際で、ただ首を長くして待ちつづけていただけに過ぎない。

定年を迎え、己の存在価値を見失っていた頃、実際自分を犠牲にしてまで頑張っていたのは妹の方だったのではないかと思った。今思えば、二人で支えあってきたのだ。なのに、何故、そんな風に思い、そんな風に負い目を感じてしまったのか・・・。

悪意のある人間が混じっていたから。他愛のないそいつの発したその一言で足元が崩れていった。

「いいひと」でいようと努めた、妹のために。「いい兄」でいようと頑張った、妹のために。

中身がなかった。己がなかった。

だから理がわからないまま流されたのだ。

アイデンティティ。

俺は見失ってしまっていた。

時間が忙殺されるときの中では考えることもなく、ふと気づくと空っぽの己であるように感じて考えないよう目を背ける。

哲学を考察したいのでなく、学びたいわけでもない。ただ、己には何もないことを認めるのが嫌だったのだ。

他人からなら、よく見える気がした。だから、他人から自分がどう見えるのかが気になった。

「いいひと」でいようと「いい兄」でいようと、存在理由を他人に求めた。「妹」が、認知症となり、それに対する不安が全くなかったわけじゃない。だが、それよりも今まで一緒にいた、今まで俺を見てくれていた「妹」が「俺」をわからなくなる、そのことが受け入れられない事実だった。妹がいてくれたから、俺は自分に存在意義を見出していた。そのことを認めるのに、こんなに時間がかかってしまった。

情けない。

いったいいくつになったというのだ。

俺は会社を勤め上げれば、仙人にでもなると思っていたのか。

働いていた頃は足を引っ張られてつぶされることなどなかった。嫉妬されてなんぼだ。ましてや利用されるなど決してなかった。

目に見える結果を出し、それを喜んでくれる妹がいた。それが生きがいだった。

外は相変わらずの雨だ。
トモ次郎は黒いネクタイを少し緩めると、車のシートに身を沈め、再び目を閉じた。
兄さん、比良さんを死なせたのは「奴ら」だ。
そして、その中に、俺もいる。
後ろの少年は国防色を身に纏い、うつむいたまま言葉を発した。
僕に懺悔なんてするな……とっくにお前の方が立派なジジイだろう、と。

著者プロフィール

岩瀬　珠昊（いわせ　みそら）

神奈川県川崎市出身。

KLEIN（ゴールデンハムスター）とセシル（黒猫）とぽち（犬）をこよなく愛す。

趣味は旅行。ご朱印帳を得てからは、ご朱印集めに目覚める。好きな事は友人との会食。

波打ち際のきりん

2020年12月15日　初版第1刷発行

著　者　岩瀬 珠昊
発行者　瓜谷 綱延
発行所　株式会社文芸社
〒160-0022　東京都新宿区新宿1－10－1
電話　03-5369-3060（代表）
03-5369-2299（販売）

印　刷　株式会社文芸社
製本所　株式会社MOTOMURA

©IWASE Misora 2020 Printed in Japan
乱丁本・落丁本はお手数ですが小社販売部宛にお送りください。

送料小社負担にてお取り替えいたします。

本書の一部、あるいは全部を無断で複写・複製・転載・放映、データ配信することは、法律で認められた場合を除き、著作権の侵害となります。

ISBN978-4-286-22110-6